A Bhean Óg Ón . . .

A Bhean Óg Ón . . .

Máire Mhac an tSaoi

Cló Iar-Chonnachta
Indreabhán
Conamara

An Chéad Chló 2001
© Cló Iar-Chonnachta 2001

ISBN 1 902420 50 0

Pictiúr Clúdaigh: Mireille Guégant
Dearadh Clúdaigh: Johan Hofsteenge
Dearadh: Foireann CIC

Tugann Bord na Leabhar Gaeilge
tacaíocht airgid do Chló Iar-Chonnachta

Faigheann Cló Iar-Chonnachta cabhair airgid ó

The Arts Council An Chomhairle Ealaíon

Clóchur: Cló Iar-Chonnachta, Indreabhán, Conamara
Fón: 091-593307   **Facs:** 091-593362   **r-phost:** cic@iol.ie
Priontáil: Clódóirí Lurgan, Indreabhán, Conamara
Fón: 091-593251/593157

Do Cháit Ní Ghaoithín, a phós Feiritéireach,
agus ar Ruiséalach í ó thaobh na máthar,
an méid seo le cion croí.

A bhean óg ón, a bhean óg,
Ní cuimhin leat pósadh ná póg,
Ní cuimhin leat riail ná reacht,
Bréagach do bheart, a bhean óg.

—Piaras Feiritéar

I

'Hólá, Ferriter!'

D'iompaigh an fear ar ligeadh an liú sa tsráid air, bhain de a hata, shléacht, ach gan lútaíl, agus dúirt, 'Colonel Goring.'

'Cuir thar n-ais do cháibín, a Phiarais. Cuir thar n-ais do cháibín, a sheanchomrádaí cogaidh,' arsa an té ar bhain an teideal leis. 'Cad a sheolann ar na bólaí seo thú? Nó cad a thug ort seirbhís an Phrionsa Oráistigh a thréigean? Bhís ag déanamh go maith sna Tíortha Ísle.'

'Ar do chuma féin, a Choirnéil,' arsa an fear a d'fhreagair ar dtús dá ainm. 'Bhí gnó díom ag baile i gCorca Dhuibhne. Níl m'athair ar fónamh, agus ní leor ina aonar é a thuilleadh chun déileáil le Tiarna Chorcaí, le hathair do chéile. Dála an scéil, conas mar tá ag do bhean uasal na laethanta seo?'

'Mar a bhí riamh, mhuis, go hainnis,' arsa an Coirnéal go réchúiseach, 'ag canrán agus ag pusaíl ghoil ó mhaidin go hoíche, agus an seanbhligeard athar aici, agus m'athair féin ina theannta, sa

7

mhullach i gcónaí ormsa ar chaoi nó ar chaoi eile. Is ag postaireacht don bheirt acu atáim anois ag gluaiseacht. Téanam le mo chois agus breacfaidh mé pictiúr de shaol na Cúirte seo agus de theaghlach an Rí duit ar ár slí. Beidh ort beannú luath nó mall don seandiabhal Iarla, is dócha?'

'Chuige sin atáim anseo i Londain,' a d'fhreagair an fear ar ar tugadh Piaras.

Beirt a bhí neamhchosúil go maith le chéile a bhí iontu, ina seasamh dóibh ag cadráil go muinteartha i lár thrácht na cathrach, beagbheann ar an gclisiam ina dtimpeall. Bhí an Coirnéal Goring gléasta go dathannach, cleicí ag scuabadh timpeall ar a hata agus tonnaíocha lása ag carbhat agus riostaí leis. Bhí fáinní luachmhara ar a mhéara lasmuigh dá lámhainní, agus sála arda faoina bhuataisí béal-leathana den daorleathar. Bhí mos cumhra le haithint óna locaí fada búclacha a shil go gualainn air, agus bhí luisne bhláfar ar a leiceann. Bhí Piaras Feiritéar (ag iompú dúinn ar an bhfoirm Ghaelach dá ainm) níos sine de bheagán, b'fhéidir, ná an fear eile, níos caoile, níos ciúine agus éadaithe níos boichte go mór agus níos sóbráilte, ach bhí cruth an duine uasail air ag

gach pointe ina shiúl agus ina sheasamh, agus
aoibh éadrom de mhiongháire discréideach ina
shúile agus ar a chuntanós. Ar nós an Choirnéil
bhí claíomh á iompar aige. Bhí dornchla óir ar
arm an Choirnéil; ráipéar acrach a bhí ag Piaras.

'B'ait liom i gcónaí,' arsa an Coirnéal Goring,
de réir mar a bhogadar chun siúil, 'nach in arm
na Spáinne a bhís i dteannta formhór do
mhuintire.'

'Is maith liom an Dúitseach,' a d'fhreagair
Piaras. 'Ní feanaitic ar bith é Frederick Henry,
agus tá sé intruist i gcúrsaí airgid. Cuirfidh mo
thuarastal díon nua ar an gcaisleán. Bíonn
fámairí chugainn na laethanta seo ag iascach:
pollóga ón gcloch, bric agus bradáin in abhainn
na Feothanaí. Ní mór iostas fána gcoinne. Fairis
sin, bhí uncail liom ina Phrotastún agus
chomhraic faoi Mhuiris Nassau; ní dheinimse
ach gan mo phápaireacht a chur os ard. Is cúng
liom an ghnáthóg ina mbíonn iomad de mo
leithéid féin—baineann éirim an chadhain aonair
liom.'

'Tuigim i nDomhnach,' arsa a pháirtí.
'Coimheascar an chogaidh ag cothú áiseanna na
sibhialtachta, an ea? Ar chuma éigin ní
shamhlaím mar óstóir tú. An bhfuileann tú

9

cinnte nach innealra cosanta a bheidh á
sholáthar don chaisleán?'

'É sin leis, tharlódh,' arsa Piaras. '*Fearann
claímh críoch Fódla*, ar ndó. Féach faoi mar a
bhláthaigh an ithir faoi lámh ár máistir-ne araon,
cléireach beag dlí ar dhein Iarla Chorcaí dhe, a
bhain amach seilbh le claon agus le lámh láidir,
agus gurb é anois é an tiarna talún is tíosaí agus
is gustalaí sna trí ríocht. Sinn go léir ag brath
air! An póitséir iompaithe ina mhaor coille!'

'Tá fábhar i gcónaí aige leat, an bhfuil?' a
d'fhiafraigh Goring.

'Táim i mo mhadra uchta aige,' a dúirt Piaras,
le mífhonn, 'riamh ó saolaíodh mé. Thit
coimirce m'athar mar mhionaoiseach ar Iarla
Chorcaí tar éis dhíotáil Iarla Dheasmhumhan,
agus is peataí sinn aige ó shin. Más ea, b'fhearr
liom fós léas uaidh a sheasódh tar éis bháis dó.
Ní hiontaoibh liom a chlann mhac, cuain sin an
cheathrair bíocúntaí. Ach cá bhfuil ár dtriall?'

Bhí Goring iompaithe ó thuaidh ón Strand
mar a rabhadar, i dtreo na cearnóige nua a bhí
leagtha amach ar sheanláthair gharraithe
mhainistir Naomh Peadar, agus a raibh Co'vent
Garden fós mar ainm uirthi. Bhí na tithe
breátha, nua-aimseartha i gcónaí á gcur suas

ann, agus an áit lán de chuaillí scafaill, de smúit chloiche agus de bhuillí oird, de ghleo agus d'eascainí na saor. Ag gluaiseacht dó isteach faoi chlúid an phasáiste áirsithe os comhair rae na dtithe amach, do stad Goring ag doras a bhí fós gan phéinteáil agus bhain macalla as le buille de dhorn an chlaímh aige.

'Tá sé tarraicthe againn,' ar seisean. 'Táim tagtha ag fóirithint ar lánúin óg atá go mór ina ghátar. Dála an scéil, tá aithne agat orthu; chonac thú ag an mbainis.'

Thaibhsigh Piaras míshásta, 'Lady Margaret Russell atá i gceist agat, is dócha,' a mhaígh sé. 'Gan amhras is lena hathair na foirgnimh seo.'

'Lady Margaret, Cuntaois Charlisle, is í,' a d'fhreagair an fear eile, ag baint cnag eile dó as an doras. 'Tugann a hathair cead bheith istigh dóibh anseo, gan chíos, a déarfainn. Níl sé róbhuíoch dá chliamhain. Thuigtí tamall go rabhais féin ábhairín tugtha dise.'

'Tá iníon ag baile agam is comhaos di' — labhair Piaras go tur. 'Más ea, bhí an bhean uasal sin cineálta agus deabhóideach fairis,' a lean sé air, go dúshlánach, nach mór. D'fhéach a chompánach go grinn air, ach ní dúirt sé ach, 'Bhí sí mar sin. Trua ná fuair sí aon sonuachar.

11

Bhí ainm an rachmais ar an seanleaid, ar athair a céile, agus chaith sé go maingléiseach, ach nuair a cailleadh é níor fhan oiread agus acra talún ná punt airgid ina dhiaidh. Is ag fóirithint ar ghátar an mhic atáimse anseo inniu, mar bhasadóir ón mbeirt Iarla, ó m'athair agus ó Chorcaigh.' Agus tharraing sé le buille eile ar an gcomhla roimhe amach.

Do labhair an guth istigh. 'Cé hé sin thíos?'

'George Goring mise,' arsa an fear féin, 'agus ní rómhaith a thaitníonn sé liom bheith i mo staic anseo sa tsráid maidin earraigh!'

'Sáigh romhat isteach,' arsa an guth arís, 'agus tabhair an staighre in airde ort féin. Níl glas ar an doras.'

Sháigh Goring roimhe agus Piaras sna sála air. Bhí an iontráil rompu lán de sholas geal an lae, gan ruainne de dhath ar na fallaí, gan chairpéad faoi chois agus gan oiread agus slat de throscán i radharc. Bhí boladh tais ó phlástar na bhfallaí, agus rian na lathaí ar chéimeanna nochtaithe an staighre. Bhí doras ar thaobh na láimhe clé a thug radharc ar sheomra folamh a raibh léas isteach ann ó fhuinneoga ina dhá cheann. Bhí sé glan ar fad ó aon rian lonnaithe, ar nós an halla.

'Fanfadsa leat thíos,' arsa Piaras ag díriú i

dtreo an tseomra fholaimh dó. 'Níl aon ghnó agam ag freastal ar bhur gcúrsaí in airde. Ábhar suime liom an stíl nua teaghaise seo.'

'Dein do rogha rud,' arsa Goring agus chuaigh an staighre suas de shraith phocléimeanna. Ghluais Piaras i dtreo na fuinneoige theas sa seomra thíos, áit a raibh cuas agus clár ann chun suite air. D'fhan sé ina sheasamh ansin ag féachaint amach ar chlós beag pábháilte a dhéanfadh lá éigin grianán samhraidh, agus é ag iarraidh smacht a choimeád ar an racht mothaithe a bhí á thachtadh. Bhí an ceart ag an gCoirnéal Goring: bhí an Feiritéarach i láthair ag féasta mórthaibhseach an phósta, agus bhí aithne aige ar an mbrídeach ó bhí sí ina leanbh, ó bhí sí in aois a haon bhliain déag go cruinn. D'áirigh sé an aithne sin ar cheann de lóchtaintí Dé: aisce gan choinne a chuaigh i bhfeidhm ar iomláine a shaoil.

Ba chuimhin leis an chéad lá dá bhfaca sé í: an chúirt chórach, shlachtmhar agus na gairdíní scáfara cois abhann i Chiswick. Bhí tóirsí ar lasadh i measc na gcrann agus an t-aos óg ag rince ar an bplásóg i gcontráth déanach an tsamhraidh. Bhí sé féin ar chomplacht Iarla

Chorcaí, agus bhí an tIarla ar chuairt chleamhnais ar son a mhic chun a chomhIarla, Uilliam, Iarla Bedford, a raibh ceathrar ógbhean aontumha de chlann air agus ladhar mac. Ba léir nár fháiltigh Cuntaois Bhedford leis an toscaireacht, agus le linn don bheirt aithreacha a bheith clóséadaithe istigh, fágadh *dinnywassels* Chorcaí amuigh faoin spéir ag faire ar fhastaím na leanbh.

Tháinig an gearrchaile beag, dána gan a bheith drochmhúinte, de rith ina threo; bhí sí gléasta go néata simplí in éadach dorcha éigin agus bhí caidhp bheag gheal ar a ceann fionnrua.

Shleamhnaigh sí a lámh bheag mhín go muiníneach isteach ina lámhsan, d'fhéach in airde air agus dúirt, '*I have no gallant, Mr Ferriter; will you stand up with me?*'

Chuimhnigh sé ar a chlann féin sa bhaile, ag imeacht fiáin ar fud na dúthaí cois farraige, lomloirgneach, ceanntarnocht, folt le gaoth, agus do mhaígh an tocht ina lár le gean do shaol deoranta seo na bpiúratánach móruasal: dá shibhialtacht, dá chuibheas is dá ghlaine, dá shoilbhreas. Chrom sé go séimh chun an linbh agus dúirt, 'Ar th'ordú, *milady*.'

I bhfad ina dhiaidh sin d'inis sí dó nár thaitin lena máthair go rincfeadh sí leis, ach go ndúirt a hathair, 'Is duine uasal é. Ní dhéanfaidh sé dánaíocht uirthi.'

'M'athair bocht,' ar sí. 'Is mó rud ná raibh ar eolas aige an oíche úd, ach bhí an ceart aige sa mhéid sin.'

Bhí sí ag tagairt don chúirtéireacht rúin a bhí ar siúl cheana féin idir a deartháir agus Lady Anne Carr, banoidhre na lánúine coirpthe sin Somerset, a chónaigh ar an bhfearann ba ghiorra dóibh cois abhann. Thaithigh an cailín óg sin cuideachta theaghlach Bhedford i ngan fhios don Iarla.

'Ní aithneodh m'athair,' arsa Lady Margaret ag leanúint uirthi di, 'ógbhean uasal seachas ógbhean uasal eile ag cóisir; bhí sé chomh geanmnaí sin ina aigne.'

Faoin am sin, bhí stádas sa teaghlach gnóthaithe ag Piaras dó féin faoi thuairim 'bhaitsiléir' Mheig óige. Aon uair dá raibh sé i Londain, thugadh sé turas uirthi, agus bhaineadh an bheainín sult as an *chevalier servant* ó iargúltacht Éireann a bheith faoi réir aici. Scríobh sé dán fada foirmeálta molta di, agus d'aistrigh go Béarla é, i dtreo go dtuigfeadh

15

an mháthair nár ghabh an cumann ann thar ghnáthchúirtéis an choinbhinsiúin. Scríobh sé blúirí eile, go mórmhór aimsir na bainise, nach raibh chomh neamhdhíobhálach sin, ach choimeád sé faoi choim iad. Ritheadar anois trína cheann:

An bhean dob'annsa liom fán ngréin,
Is nárbh' annsa léi mé féin ar bith,
'Na suí ar ghualainn a fir féin,
Ba chruaidh an chéim is mé istigh.

An goirtín branair a rinneas dom féin,
Is mé i bhfad i bpéin 'na bhun,
Gan ag an bhfear san 'tháinig inné,
Ach a fhuirse dó féin 's a chur!

Brúilingeacht! Gan a bheith ina dhán ná ina amhrán. Chuirfeadh sé slacht air nuair a mhaolódh ar ghéire an ábhair.

'*Wish me joy, Mr Ferriter,*' a dúirt an bhrídeach an lá sin, ag gabháil di thairis san am go raibh an chóisir ag borbú chun an lánúin a chur chun leapa. Laistiar den rá beag, priacaiseach, d'aithin sé uaigneas agus scáth. Conas mar a bhí anois aici agus an nuacht imithe den aontíos?

Chuala sé an chorraíl ar a chúl agus d'iompaigh go pras ar a sháil. Bhí an bhean os a chomhair sa seomra; ar dtús níor aithin sé í. Bhí sí aosaithe, beathaithe. Ní raibh rian ann den phiocthacht scrupallach, den cháiréis choinsiasach a chleacht sí riamh roimhe seo. Feisteas seomra a chaith sí, faoi mar bheadh ar a bhean féin ag baile ar an mBaile Uachtarach, nuair nach raibh súil le haon chuideachta aici agus uaireanta má bhí féin. Bhí a folt in aimhréidh agus smearadh na ndeor ar a leiceann. Chuaigh sí de léim ina ucht, d'fholaigh a gnúis ina bhrollach agus d'fháisc a lámha faoina choim.

'Ó Mr Ferriter, tabhair leat as seo mé, tabhair leat mé!'

Leathnaigh an chiach rófhuar faoina chroí. 'Tá sí ar nós na coda eile acu; *ní cuimhin léi pósadh ná póg . . .*'

Ach, ag an am céanna, bhí sé á suaimhniú is á bréagadh, an gad ba ghiorra don scornach á scaoileadh aige, mar ba nós leis riamh in am an ghá. Thuig sé anois nach aon teaspach ná macnas a ghluais í, ach dearg-ghátar. Chuir sé ina suí san fhuinneog í, agus shuigh sé féin ina haice, rug ar an dá lámh uirthi agus labhair go headrom. 'Cad

17

seo, *milady*? Deora leis an nuachar? An bhrídeach faoi bhuairt? Mise do Phiaras, do phéarla, nach cuimhin leat? Scaoil do scéal liom.'

Ghlac sí chuici iarracht den dínit naíonda a mheall ar dtús é. 'Ná bí ag fonóid fúm, Mr Ferriter, bhís tráth ceanúil orm.'

'*Ón lá go rabhais, a linbh, id' leanbh*, agus beidh choíche,' a d'fhreagair seisean.

'Ní míofar leat mé, más ea?' ar sise.

'A mhalairt, *milady*.'

'Deir seisean go gcuirim casaigne air, fonn urlacain, gur mar gheall air sin nach bhfuil aon chlann orainn. Agus fós, go bhfuil mo spré chomh crosta air ag socruithe m'athar, nach aon tairbhe dó an pósadh. Sin é atá ar bun acu in airde staighre; tá morgáiste á réiteach ag Goring leis thar cheann Iarla Chorcaí: beidh míle, cúig chéad punt le fáil ar an bpointe boise ag Carlisle, agus má chailltear gan oidhre é, *begotten on the body of his now countess*.' Lig sí scairteadh beag searbh gáire aisti — 'Titfidh mo thailte-se ar fad chun an Iarla.'

'Táimse i m'earra á reic eatarthu acu, agus nuair a bheidh an margadh déanta, cromfaidh siad ar ól, agus amach leo ansin ar thóir striapach, nó dul in airde ar a chéile iad féin, anseo féin, mar a bheadh dhá ghadhar ag cúpláil . . .' Tháinig gearranáil uirthi agus stad sí. Ba gheall le buille san aghaidh dó an chaint mhadrúil a chlos óna béal, ach bhí socraithe cheana aige ar aicsean.

'Tá an ceart agat: ní féidir leat fanacht anseo, *milady*; tabharfadsa go dtí tigh d'athar thú.'

'Níl m'athair sa chathair,' ar sí. 'Tá an teaghlach aistrithe go Woburn.'

'Ná bac san,' ar seisean. 'Beidh teacht agam ar chapaill agus ar thionlacan duit. An bhfuil do bhean choinleachta iontaofa?'

'Téann sí in aon leaba leis,' ar sise gan fiacail a chur ann.

'Caithfimid brath orainn féin, más ea. Téir go dtí do sheomra agus tabhair fút féin a phrapáil in éadaí taistil. Ná tabhair leat ach a mbeidh ar do dhroim. Bí stóinsithe. An bhfuil *escritoire* agat?' Do gháir sí roimh an gceist éagosúil, gan searbhas an turas seo.

'Bhronn m'athair ceann greanta orm, ach is é is túisce a díoladh. Ní fear mór pinn é mo chéile . . . Ach tá *riding-suit* agam i gcóir an bhóthair,' ar sí go sásta.

'Ar fheabhas, ná dein aon mhoill. Ceannóm cóir litreach ar ár slí dúinn.'

II

B'ait leis chomh héasca agus chomh nádúrtha is a
thaibhsigh gnó an choimirceora dó, cé nach raibh
déanta aige ach mar a chleacht sé lena shaol, an
gníomh grod a chur i gcrích, agus dul ansin i
muinín an áidh. Nuair a d'fhill sí, chabhraigh sé
léi an aibíd fhaiseanta a fháscadh uirthi féin agus
a iamh ar a cúl. Bhí fallaing húda aici ar a ceann,
agus aghaidh fidil nósmhar agus coisín uirthi ina
leathlámh aici. D'ofráil sé a ghéag mar thaca di,
agus thugadar an tsráid orthu féin in éineacht.
Go tobann bhí sé ina shaoire acu, ina lá faoin dtor;
gháir an ghrian chucu, agus nuair a stadadar ag
both, chun foireann scríofa a ghlacadh ar lámh, do
bheannaigh an mangaire go muinteartha don
duine uasal agus dá chéile chaoin. D'umhlaigh
sise a ceann go grástúil an oiread ba lú laistiar de
cheileatram na haghaidh fidile agus níor léirigh
aon chorrabhuais.

'Táim ag dul i gcleachtadh ar an aisteoireacht,'
a dúirt sí go féinmholtach, 'ach cá bhfuil ár
dtriall?'

'Tá,' ar seisean, 'ar chearn is aithnid duit. Ná sceimhligh. Má rinne cliamhain amháin éagóir ort, is cuí gurb é a chomhchliamhain a leigheasfaidh tú.'

Stad sí den spaiste, lig anuas an masc agus do chuardaigh a aghaidh le súile lán d'amhras.

'Ní thuigim thú, Mr Ferriter; mínigh dom an chaint sin,' agus bhí an iarracht ba chaoile de thiarnúlacht na mná uaisle le braithstint ar a glór.

'Le fonn, a bhean uasal. Tá fear gráidh agam i dteaghlach Iarla Chorcaí, agus i dteannta a chéile leasóm an t-ábhar eascairdis atá ag tórmach idir d'athair onórach agus an tIarla réamhráite. Cífir go mbeidh an bheirt uasal buíoch dúinn i ndeireadh an chúrsa, agus go mbeir féin go discréideach, gan scannal, ar lámh shábhála.'

Lean púic an dabhta ar a héadan. 'Iarla Chill Dara atá i gceist agat, an ea?' ar sí, 'The little, mad Earl?'

'É féin, ach ná mealladh an teist sin air thú. Is fíor nach fear-mar-chách amuigh faoin gcith é, ach tá a ghéarchúis féin aige. Agus fós is duine de mhóruaisle Éireann é agus fear oineachúil lena chois; tuigfidh sé leas an dá chine sa chúrsa seo agus déanfaidh sé fóirithint orainn.'

Leag sí a súile go géilliúil agus dúirt,

'Faigheam pardún agat, Mr Ferriter, is baolach go bhfuil fios mo bhéas caillte agam, ach sna ciorcail atá cleachtaithe agam le tamall ní bhíodh le clos agam ach biadán agus droch-chaint.'

'A bhean uasal chléibhe,' ar seisean, 'tusa a chaithfidh maitheamh domhsa. Tá oiread sin constaicí le réiteach agam go bhfuil m'aire gafa leo. Ní raibh aon ghnó agam aghaidh mo chaoraíochta a thabhairt chomh giorraisc sin ortsa.'

D'éadromaigh a cuntanós láithreach. 'Bheadh ceart agat bheith i bhfeirg liom,' a dúirt, 'agus a bhfuil de mo dhua á fháil agat. Is mór an faoiseamh dom síocháin eadrainn. Cén treo a ngeobham?'

'Tabharfaimid Westminster ar dtús orainn féin,' ar sé. 'Scríofad eipistil sa halla ann, nó san Eaglais, nó sa pháirc ansin, agus leanfaimid orainn go Rae na Canála, mar a thugtar anois ar Rae na Manach ó chuaigh an chléir as faisean. Tá lonnú ar an Iarla i seantigh lena athair céile sa tsráid sin agus, ar ámharaí an tsaoil, tá an t-athair céile sin ar shiúl i mbaile éigin eile dá bhaile. Fágfaimid an scríbhinn i lámh an doirseora agus cífeam a gcífeam.'

Bhogadar arís chun na slí; bhí a himeacht

críochnúil, éadromchosach agus is ar éigean a
luigh sí in aon chor ar an ngéag a thairg sé di.
D'ionramháil sí triopal na haibíde go hábalta i
leataobh ó ghraiseamal na sráide, ghabh de léim
bheag thar gháitéar ó am go ham agus sheachain
a pearsa le cáiréis i mbrú na sráide. Mar sin ba
chuimhin leis í, mear, aclaí agus múinte, sna
laethanta ó shin nuair a chum sé a dhán molta di,
agus gur tháinig an leathmhagadh go leaba an
dáiríre:

    Is gach bionntsruth suas le suibh
    Diomúch de luas an linbh-soin.

Agus anois bhí gean i gcónaí aige uirthi,
d'aithin sé, ach bhí sí iompaithe ina cúram seachas
ina háthas, agus, roimh ghéibheann na
praiticiúlachta, bhí an 'grá scamallach' dulta i léig.
Agus iad ag druidim i gcóngar an halla mhóir,
an t-aon iarsma a bhí fós ina sheasamh tar éis
dhóiteán an pháláis, mhoilligh sí arís beagán.
'Bíonn freastal faiseanta ar pháirc Shain
tSéamuis,' ar sí, 'aithneofar mé.'
'Ní móide é,' ar seisean. 'Is maith an folach é an
húda, agus ina theannta sin bheidís ag súil le
compánach níos galánta ná mise i bhfochair mná

uaisle. Ceap do shuaimhneas go scríofad mo litir.'

D'aimsíodar binse ar an gcúlráid idir pháirc agus halla mar a raibh radharc acu ar theacht agus imeacht an tslua, ach gan beann ag an slua orthu. Bhí seicear scátha ina dtimpeall ó sholas na gréine trí dhuilliúr an chrainn phlána os a gcionn. Thug sí faoin gcadhp a chaitheamh siar dá héadan, chuimhnigh uirthi féin agus lig gáire beag leamh, roimh shocrú síos ina suí, í ag faire i gcónaí ar Fhiaras. Réitigh seisean an páipéar ar a leathghlúin, bhain an claibín den choirnín dúigh aige, thum an peann ann, bhain triail as, cheartaigh le scian phóca é agus chrom ar scríobh.

Beatha agus Sláinte!
Is amhlaidh atá gnó idir lámhaibh agam a raghaidh go
mór chun sochair d'athair do chéile caoine, eadhón d'Iarla
calma Chorcaí, agus chun leasa dá bhráthair, d'Iarla
Bedford, má chuirtear i gcrích é go luath agus go
discréideach. Agus ós rud é gur leasc liom aon bhuairt
neide a chur roimh am agus gan fáth ar an seanóir oirearc
úd, athair do chéile, ná ar a fhear cumainn, táim ag
tathant ar th'onóir, ó bhís riamh soiliosach i bpáirt bhfear
nÉireann, comhrá comair le t'onóir a lámháil dom féin,
ar mhaithe le leas an dá theaghlach agus fós le
suaimhneas intinne do mhná uaisle ionmhaine agus do
chlainne ró-uaisle. Tá sé de dhánaíocht ionam a
cheapadh nach ndéanfaidh th'onóir mé a dhiúltú sa mhéid
seo, agus tá fúm fionraí ar chaothúlacht th'onórach i
ndoras lóistín th'onórach go dtí go dtoileodh th'onóir
freagra ar m'iarratas.
Is mise, le hiomad dúthrachta, measa agus dílse duit,
Piaras Feiritéar ó Chaisleán an Fheiritéaraigh in iarthar
Mhumhan, i gcathair Londan dom.
An lá seo a naoi is fiche de Bhealtaine den bhliain d'aois
ár dTiarna míle sé chéad is a naoi déag ar fhichead.
Go gcoimrí Dia th'onóir agus do mhuintir.

'An léann an tIarla Seoirse an Ghaeilge?' a d'fhiafraigh an bhean óg agus tuin an díchreidimh sa cheist.

'Raghad i mbannaí air,' a d'fhreagair Piaras agus scaoil beagán gainimh ar an scríbhinn, á triomú sular fhill sé í go conláisteach agus gur bhreac sé seoladh breise lasmuigh uirthi. 'Níl le déanamh anois againn ach an seachadadh,' agus shín sé a ghéag arís chuici, á cur ina seasamh.

Bhí taobh iomlán amháin de Rae na Canála, nach mór, gafa ag tosach theach mór an Iarla, teach fráma crainn ar an seandéanamh, trí stór ar airde agus sceitheadh na n-áiléar thuas ann ar crochadh go boilsceannach os cionn na sráide, gach clár agus bíoma greanta go suaithinseach le hadhmadóireacht, agus a chuid fuinneog ag spréacharnach le pánaí beaga, muileataí gloine leabaithe sa luaidhe.

Bhí an doras mór, i lár slí san fhalla tosaigh, ar leathadh, agus radharc uaidh ar ghairdíní agus oifigí laistiar, iad ag síneadh go bruach na habhann. Bhí cillín an doirseora ar clé faoin bhfardoras, agus shín Piaras a pháipéar chuige sin, á rá dó go bhfanfadh sé le freagra. Má bhí an doirseoir idir dhá chomhairle ar dtús maidir leis an teachtaireacht seo, do shuaimhnigh gné agus iompar na mná óige pé dabht a bhuail é, agus dhírigh sé iad ar pharlús beag painéalaithe ina raibh bord agus cathaoireacha agus gan puinn faróthu. Shuigh sise; d'fhan Piaras ina sheasamh; thostadar araon.

Ní rabhadar ach achar gearr mar sin nuair a gheit sise go tobann; bhí painéal ag oscailt go gíoscánach mar a bheadh comhla amach ón bhfalla, agus sa bhearna do chonaiceadar an duine beag ab aistí dar shamhlaigh súil riamh. Scuab Piaras an hata dá cheann agus d'umhlaigh go domhain; d'éirigh sise, d'fheac sí an chúirtéis ba lú agus chaith siar húda a fallainge. Léim an firín anuas de thairseach an phoill isteach sa seomra, dhruid an painéal ina dhiaidh agus labhair de ghuth crochta, piachánach.

'Dia do bheatha, a Mhic an Fheiritéirigh, bhí cloiste agam tú bheith ar na cóngair. Buail thar n-ais do bhairéad ar do bhaithis; aon mhuintir amháin sinn anseo.'

'Go maire tú, a thiarna Iarla,' arsa Piaras. 'Ba dheacair aon ní a dhéanamh i ngan fhios duit. Ceadaigh dom an bhean uasal seo a chur in aithne duit.'

Lena linn sin go léir níor fhéad sise a hamharc a bhaint den Iarla éagsúil. Bhí sé mar a thuairisc,

27

ar bheagán airde, ach bhí tuairim agus siúráil ina fhéachaint mar a bheadh ag coileach troda. Bhí a ghabháil seanaimseartha, mar a bhí feicthe aici sna sceitsí de thaoisigh Ghaelacha san albam i leabharlann a seanathar, triús riabhach air, agus hata ard, cúng, gan aon duille, á chaitheamh aige. Leag sé anuas an ceannbheart sin mar chomhartha aitheantais chuici agus do nocht sé a chloigeann garbh, gruaigrua; bhí féasóg lae is oíche gan bhearradh ar a chorrán.

'A bhean uasal,' arsa Piaras, 'is é seo mar is eol duit Seoirse Mac Gearailt, Iarla Chill Dara. A thiarna Iarla, is í seo Máiréad, Cuntaois Charlisle, iníon í do dhlúthchara an teaghlaigh seo, d'Iarla oirirc Bedford.'

'Áááá,' arsa an tIarla Rua, 'Tuigim anois cad a cham srón firín.' Ach d'umhlaigh sé go modhúil chuici. 'Faoi do réir, *milady*.'

Chrom Piaras ar scéal a dtosca a aithris. Níor luaigh sé in aon chor ainíde na Cuntaoise; bhí sé cinnte go raibh an t-eolas sin cheana ag an nGearaltach de bharr a raibh d'aithne aige sin ar shiopaí óil na cathrach. Chomharthaigh sé cruachás agus dealús na lánúine: faoi mar a bhí an Chuntaois ag tnúth le turas a thabhairt ó thuaidh ar a muintir, ach nár leomhaigh sí costas an bhóthair a lorg ar a céile, mar go raibh náire airsean déirc a iarraidh ar aon duine. Chuir sé é féin i láthair i bpearsa chara don bheirt pháirtithe, a chuimhnigh gur mó ná sásta a bheadh Iarla Chorcaí teacht i gcabhair, i modh bronnta, ar chlann a chomhIarla, ó ba lách lena chéile riamh an dá athair. Gur chinn sé féin—Piaras—ar theagmháil ar dtús le Cill Dara, a bhí níos cóngaraí in aois agus i gcúlra dó féin ná mar bhí an seanIarla, agus a thuig b'fhéidir níos fearr ná eisean deacair an aosa óig.

'Tá an fhadhb chomh suarach sin agus chomh réidh le leigheas,' ar seisean, 'gur leasc liom ciotaí a dhéanamh do mo thiarna talún féin dá bharr, dá ionúine liom an fear céanna agus cé ná samhlóinn choíche an doicheall leis.' Ar an nóta sin thost sé.

'Deirtear,' arsa an tIarla Gearaltach, 'gur túisce deoch ná scéal, ach sa chás seo is anois a bheidh an deoch againn. 'Bhfuil ite ag an gCuntaois?' Chroith sise a ceann. 'Beidh scroid nóna roimh bhóthar anseo againn, más ea,' ar seisean, 'agus ná bíodh aon bhuairt a thuilleadh ort. Glacaimse soláthar na córach taistil orm féin. Suigh anois agus féadfaidh tú do chuid a chaitheamh ar do shuaimhneas.'

Chuaigh sé go dtí an doras, sháigh a cheann amach tríd agus lig liú ar an doirseoir.

'Crúsca fíona agus candam triúir de bhia chugainn sa chlúid seo faoi dheabhadh! Seamhraigh!' Tháinig thar n-ais, thairg cathaoir do Phiaras, hadhasáil é féin in airde ar an mbord, agus do lean air gan traochadh.

'Tá láir dhonn sa stábla atá oiriúnach do mharcach mná; is le deirfiúracha mo chéile í, ach is cailíní lácha iad, agus ní mhaífidh siad oraibh í. Tá beithíoch garbh, cnámhach agam féin a dhéanfaidh do ghnósa, a Phiarais. Ní mór bean tindeála don Chuntaois agus seoinseáil línéadaigh. Ní hansa: tá bean de na Gearaltaigh againn timpeall na leanaí; is féidir í a spáráil agus féachfaidh sí in bhur ndiaidh—raghaidh sise ar do chúlaibh, a Phiarais. Gheobhaidh sibh an Bóthar Mór ó Thuaidh trí Highgate, Hampstead, Edgeware, agus St Albans, agus dála an scéil, d'oirfeadh arm tine duit, agus a bhfuil de chlampar dála acu in Albain agus roimh ghramaisc an airm agus roimh bhuachaillí díomhaoine ar an tslí, agus fós clóca mór ón mbáisteach.'

Dá ainneoin, do leath aoibh an gháire ar aghaidh Phiarais, ar bhriathra chomh héifeachtach a chlos ón bhfear beag a bhí chomh héaganta ina dhealramh. D'ardaigh sé leathlámh ag trasnaíl ar shruth na cainte.

'Fóill, a thiarna Iarla, go réidh, ná reic ar fad do stór. Táimid faoi chomaoin shíoraí agat cheana agus ní dhearúdfar duit é, ach, muran iomarcach leat é, d'fhónfadh iasacht rásúrach dom i gcóir an lae amáraigh.'

Lig an tIarla scairteadh gáire.

'Chugam an sáiteán sin, is dócha.' Agus chuimil sé a bhos dá ghiall.

Ba dheacair a chreidiúint as sin amach chomh pléisiúrtha agus a ghluais cúrsaí. Agus an béile caite acu, thugadar an gairdín ar chúl an tí orthu féin. Bhí na capaill gléasta rompu agus ba é an tIarla a chaith an Chuntaois in airde sa diallait chliathánach agus a cheangail bhailíos beag laistiar di. Chuaigh Piaras go héasca ar mhuin ard an ghearráin léith, agus shocraigh an cailín aimsire—ceirtlín deas mná, i mbláth a maitheasa— í féin ar scaradh gabhail ar an bpillín le cúnamh an mhaoir stábla.

'Ná bac le slán fada,' arsa an tIarla, 'buail bóthar.' Ba gheall le ceol ina gcluasa cling na gcrúite ar na clocha duirlinge, ar a slí amach dóibh . . .

III

D'fhágadar gleo agus tranglam agus aer
stálaithe na cathrach ina ndiaidh: bolscaireacht
ardghlórach na mangairí, seitreach na gcapall,
griothalán miotalach na roth bhfons' iarainn ar
an bpábháil, brú agus boladh agus dath na
cosmhuintire i mbun a gcuid cúraimí, agus an
fo-bhoc mór ag guailleáil tríothu nó á iompar go
mórluachach os a gcionn i *sedan chair* nó ag
marcaíocht. Níor thóg aon duine aon cheann
dóibh. Ní raibh iontu ach comhthionól beag,
coitianta: bean óg de mhionuaisle,
aidhbhéardach scothaosta agus cailín aimsire
lena chois, gnáth-thaistealaithe. Ghabhadar
anois trí shráidbhailte sócúla agus trí gharraithe
glasra ina raibh crainn silíní agus piorraí cheana
féin faoi bhláth. Lastuaidh dóibhsean arís do
leath an riasc amach rompu, taibhseach le
fraoch is le haiteann faoi ghrian an earraigh—
aiteann Gallda, d'aithin Piaras—agus na fuiseoga
ag dul in airde san aer lastuas mar a bheidís ar
staighre; bhí a gcantain le clos ar gach taobh.

Bhí pluda an gheimhridh tirim ar an mbóthar agus ní raibh puinn den smúit fós ag éirí. Peata lae don taistealaí agus bhí cuid mhaith á chur chun tairbhe, grúpaí beaga rompu agus ina ndiaidh agus a thuilleadh ag teacht ina gcoinne, malartú beannachtaí eatarthu agus gothaí an mhuintearais ar chách. Thit néal seachnaithne ar Phiaras ónar mhúscail sé go tobann nuair a ghabh an Chuntaois gan choinne de sháil a bróige ar chliathán na lárach agus as go brách léi ar bhogchosinairde.

'Mo ghraidhin í,' arsa an cailín aimsire ar a chúl go ceanúil, 'níl inti ach leanbh. Bíonn a dtrioblóidí féin ag na huaisle.'

'Beidh ár dtrioblóidí féin againne má théann sí as radharc orainn,' arsa Piaras agus droch-ghiúmar air. 'Traochfar an capall faoin dúbailt ualaigh má thugaim faoi theacht suas léi, agus mar thuilleadh tubaiste tá stráice uaigneach den tslí buailte linn; ní fheicim aon duine eile inár gcóngar. Damnú air, a bhean mhaith, ní mór dom thú a scaoileadh anuas agus dul sa tóir uirthi. Tóg breá bog é agus ní móide go gcuirfidh aon duine isteach ort. Taoi, ar aon chuma, ábalta ar aire a thabhairt duit féin, rud nach bhfuil sise. Seo, bíodh piostal den phéire

33

agat agus suigh cois an bhóthair go bhfillfead.
Ní bheidh puinn moille orm.'

Agus leis sin d'iompaigh sé sa diallait, chuir
lámh faoina com agus luasc d'aonturraic den
phillín í gur leag ina seasamh sa ród í.
Thathantaigh sé an gunna uirthi ansin agus
ghluais leis de ruathar a chuir grean ag imeacht
ar gach taobh de. Idir an dá linn bhí an láir agus
a marcach bradach fad na feighle uaidh ar íor na
spéire; achar gearr eile agus cheil filleadh den
talamh ar fad air iad. Thug sé ucht in aghaidh
an aird, ach, ar theacht go dtína mhullach dó, ní
raibh duine ná daonnaí le feiscint aige.
Baineadh an anáil de; bhí na mílte slí de radharc
aige thar an talamh fás, agus chonaic sé gach
corraí ar dhromchla an mhóintigh, gan de
chumhdach in aon láthair seachas dosanna
fánacha, muineacha, agus gach imeacht, dá fhad
uaidh, bhí míniú air, ach tásc ná tuairisc den láir
ná den ainnir ní raibh le fáil.

Is ansin a chuala sé an tormán toll, faoi mar a
thiocfadh ó uaimh faoi thalamh; ní raibh ann
ach greadadh nóiméid, ach thug sé cuid den
réiteach dó. Tamall le fána síos bhí droichead
beag, dronnach cloiche thar shruthán i gclais.
Bhog sé a chapall go réidh chun tosaigh, i leith

is go raibh sé ag tabhairt scíthe tar éis reatha dó, go dtí gur shroich sé an droichead. Shleamhnaigh sé ansin go socair dá mhuin agus chuir ag rás amach roimhe é, ag cleatráil trasna an droichid le stiall den fhuip sa rumpa, fad agus a chaolaigh sé féin an port anuas gur amharc go fáilí faoin áirse.

Bhí an láir teanntaithe cliathánach le bruach an tsrutháin agus le taobhán an droichid. Bhí fear gioblach as a ceann agus a chúl le Piaras, seaicéad casta aige ar shúile na lárach agus é ag bladar léi, á ceansú. Bhí an Chuntaois sínte ar an mbruach thall, í de réir dealraimh gan anam agus bán san aghaidh; ceangailte sna clocha síos uaithi ar tí imeachta le sruth, bhí an aghaidh fidil bhocht fhaiseanta den veilbhit.

Ní raibh caoi ag Piaras ar mhachnamh; de ruathar rug sé ar stuaic ar an ngioblachán agus bhuail an dara piostal a bhí fós aige lena chluas. Is ansin a d'aithin sé go raibh bioránach láidir, aclaí gafa aige agus go mb'fhéidir nár mhór dó é a lámhach.

'Coimirce m'anama ort, a dhuine uasail,' arsa an fear. 'D'imigh an láir ó smacht ar an mbean óg, caitheadh san uisce í, agus chuaigh an láir faoin droichead. Ní rabhas-sa ach á fuascailt.'

Leis sin d'éirigh an bhean sínte go míchéadfach ina suí. 'Má chreideann tú é sin,' ar sise, 'creidfidh tú aon ní.'

'Ar a laghad,' arsa Piaras, 'tá do chaint agat. Bhfuil ar do chumas siúl?'

Tháinig creathán ina glór. 'Níl a fhios agam,' ar sí.

'Tástáil é,' ar seisean. 'Téir amach as seo faoin droichead ach fan laistíos den bhruach. Dealraíonn an diúlach seo ina aonar, ach ní féidir bheith cinnte de.' Ansin, leis an gcime ar láimh aige, 'Agus tusa, ó taoi sciliúil ar eacha, treoraigh an láir ansin in airde ar an mbóthar go breá socair agus mise i ngreim ionat. Barrthuisle amháin asat agus cuirfead piléar trí do chloigeann.'

Ní gan dua don bheirt acu a cuireadh an beartú sin i gcrích, ach ar deireadh do sheasaíodar, agus an láir ina dteannta, ar chlár an droichid; do lean an Chuntaois aníos as an gclais iad.

'A bhean uasal,' a labhair Piaras go maol, 'coinnigh ceann na lárach go bhfeicfeam i gceart an duine seo.'

In aghaidh a cos, rinne sí mar d'ordaigh sé, agus scaoil Piaras a ghreim ar fholt dubh, mothallach an fhir eile den chéad uair, gur rug ar chaol na láimhe deise air agus gur chas an ghéag laistiar dá shlinneán. Ní go dtí sin a bhog sé an piostal.

'Tá tú faoi bhéal an ghunna i gcónaí agam,' a dúirt sé. 'Scaoilfead anois do riosta agus iompaigh chugam.'

Fear fiáin, caol, dúghnúiseach a bhí ann; ar éigean a thaibhsigh aon bhuairt air. D'fhéach sé go grinn ar Phiaras agus é sin ag aistriú an ghunna ó lámh go lámh. 'Go scioba an diabhal mé!' ar sé. 'Muran tú an Captaen Ferriter.'

'Fág a chúram féin faoin diabhal,' arsa Piaras, 'ach cá bhfios duit m'ainmse?'

'*More know Tom Fool than Tom Fool knows*,' arsa an bithiúnach go neamhchorra-bhuaiseach. 'Thugas tamall ag saighdiúireacht sna Tíortha Ísle faoin gCoirnéal Goring. Bhí aithne ort mar phápaire i measc na naomh ag an am. Sin rud ná dearúdann duine.'

'Teitheadh ón arm a rinne tú?'

'D'éiríos cortha den smacht. Is giofóg mé, Éigipteach, Romany. Petulengro m'ainm, agus creid mé ná raibh aon droch-rún agam chun na mná óige, an láir a bhí uaim. Tá sise go hálainn.' Chualathas sciotadh beag feargach ó cheann na lárach mar a raibh an Chuntaois.

'Faire go brách, a Phetulengro!' arsa Piaras ag gáirí dó. 'Féach nach mise amháin is baol duit. Tuigfir go bhfuilim i ngalar na gcás agat. Ní hiontaoibh dom thú, *and stone dead hath no fellow,* ach ba leasc liom piléar a chur tríot ós rud é gurb í an chroch atá i ndán duit, siúráilte. Níl dul as agam ach tú a cheangal d'iarann na stíoróipe agus tú a thabhairt ar láimh don ghiúistís nuair a shroichimid Edgeware.'

'Ní cheadód mé a cheangal,' a d'fhreagair an ghiofóg, 'ach más dóigh leat go bhfuileann tú anois ar sheanbhóthar mór na Rómhánach go hEdgeware, tá breall ort. Chuabhar amú tamall ó dheas as seo, agus má leanann sibh den treo seo titfidh an oíche ar an riasc oraibh. Ar ámharaí an tsaoil, áfach, is maith an treoraí ar shliabh mise, agus cuirfeadsa cóngar an phréacháin sibh thar n-ais ar an gconair chóir. Cad deir tú leis sin?'

'Deirim,' arsa Piaras, 'gurb é is dóichí duit sinn a threorú cruinn díreach ar champa do chomhghleacaithe, áit a mbeidh cion ár ndearmad go tubaisteach i gceart orainn.'

Chroith an fear fiáin a cheann. 'Á! Á!' ar seisean. 'Agus an gunna sin agatsa, gan trácht ar an leath-chúpla a d'fhágais ag an mbean sin suite ar an gclaí i do dhiaidh. Tuig go bhfuilimse le tamall ag faire oraibh, cé ná facabhar mé. Deir siad gur dual duit an mhaith in aghaidh an oilc, fíoraigh é!'

'Dar mo leabhar!' arsa Piaras. 'Tástálfaidh mé thú. Féach mo ghearrán ag iníor dó féin ón taobh thall den sruth. Tá sé go maith laistigh de raon m'urchair. Tabhair chugam é.'

Ní dhearna mo dhuine ach fead glaice a ligint, agus do thóg an capall mór, liath a chluas ar an bpointe, chuir seitreach as agus tháinig thar n-ais chucu ar bogshodar. Ní raibh le déanamh ansin ach an Chuntaois a chur sa diallait sula ndeachaigh Piaras ar muin, agus chuadar a dtriúr ar thuairisc an chailín aimsire, an ghiofóg ag imeacht rompu de chéim mhear, scópúil, éadrom a chuir reathaithe dothraochta na bportach ag baile i gcuimhne do Phiaras.

'Dia idir sinn agus an t-olc!' arsa Muireann bhocht, á bhfeiscint chuici. 'Cé hé seo?'

'Giolla nua atá fostaithe agam,' arsa Piaras. 'Treoróidh sé tríd an bhfásach sinn.' Agus leis an ngiofóg: 'Cuir in airde ar an bpillín an bhean mhaith seo agus bogfam.'

Rinneadh amhlaidh agus thug an coisí do na bonnaibh é, fiarsceabha siar ó thuaidh trasna an réisc agus na marcaigh ina dhiaidh.

Slán mar a hinstear é, bhí an ghiofóg de réir a fhocail, agus gan rómhoill bhí na taistealaithe thar n-ais ar an mbóthar mór.

'Níl le déanamh agaibh as seo ach leanúint oraibh cruinn díreach go hEdgeware,' arsa an fear aisteach sin. 'Agus, mar a deir an seanmóiní, *ní giorra Ifreann do Londain ná Edgeware do St Albans*. Níl ach aistear lae as sin go Woburn, agus ná deinídh aon iontas de a bhfuil ar eolas agamsa oraibh—tá an Fios ag ár dtreibhne—ach cad mar gheall ar leathghiní don scabhaitéir.'

Idir ghoimh agus gháirí do scaoil Piaras eascaine leis. 'Damnú ar do chorráiste,' ar seisean. 'Fuairis cead do chos agus ní beag sin.'

Chuir an bheirt bhan isteach air.

'Tabhair dó é! Bímis glanscartha leis!'

'Ná tarraing a mhallacht orainn!'

'Dealraíonn sé,' ar Piaras go dóite, 'go bhfuil abhcóidí láidre gnóthaithe agat.' Chuir sé dhá mhéar laistigh dá chrios agus thug aníos as póca faoi cheilt an bonn buí. Chaith sé san aer é, agus rug Petulengro de shnap oilte air.

'Go méadaí Dia bhur stór, a uaisle mo chléibhe, agus go n-éirí bhur n-oilithreacht libh.' Leis sin d'iompaigh sé ar a sháil agus thug faoin mbóthar ó dheas ag feadaíl. Lig gach duine den triúr osna mhór fhaoisimh.

'Meabhraigh go maith, a bhean uasal,' arsa Piaras, 'gach a bhfuil tarlaithe, agus fan i m'aice i gcónaí dá thuirsiúla leat é.'

Chrom an Chuntaois a ceann gan focal aisti, ach d'ardaigh an bhean eile a hagús.

'Á, ná bí mar sin léi, a dhuine uasail chroí; nár thángamar slán?'

'A bhean mhaith,' arsa Piaras, 'ná bain ach lena mbaineann leat féin. Tar éis an tsuaite atá fachta ag do mháistreás, caithfimid scíth a ligint in Edgeware, seachas brú chun cinn go St Albans, agus sin moill nach acrach dúinn. Más fios dáiríribh ár dtosca do ridire sin an bhóthair ó chianaibh, ní fada eile a bheidh siad ina rún. Cá bhfios dúinn nach caol díreach go Goring a raghaidh sé, nó go Carlisle, agus earra le díol aige?'

Do labhair an Chuntaois de ghuth beag, fann.

'Tá an t-eolas aige, ceart go leor. Dúrt leis go ndíolfadh m'athair *ransom* asam agus dúrt leis cérbh é.' Duairc go maith ina dhiaidh sin, bhogadar chun siúil . . .

Faoi mar a bhí súil acu, bhí an bóthar anois ag imeacht rompu riamh is choíche chomh díreach le gáinne, ach bhí athrú mór ar dhreach na tíre. Ghabhadar trí acraí méithe, geamhracha, thar fheirmeacha teanna, thar pháirceanna uaisle agus thar dhiméinte sócúla faoi fhoithreacha bearrtha crann. Ar íor na spéire bhí radharc acu ar shraitheanna glasa maolchnoc mar a bheadh ólaithe mara ann, iad á n-órú faoi ghrian an tráthnóna.

'*Who buys a home in Hertfordshire,*' a chan an bhean óg amach go binn, '*pays two years' purchase for the air,*' is do thóg an rabhcán cian díobh. Más ea, nuair a shroicheadar Edgeware cuireadh an ruaig ar aoibh na lúcháire a bhí fásta ina dtimpeall. Bhí earcaigh á bhfostú ann, nó, níos dealraithí, a bpreasáil, i gcóir arm an rí sna críocha teorann idir Shasana agus Albain, agus bhí an baile lán de mháirseáil, is de dhrumadóireacht, is de mheisce.

Ní thoileodh an Chuntaois cónaí d'aon saghas ann, agus, cé gur aithin Piaras a thraochta agus a bhí sí, gan trácht ar na capaill, bhí sé sásta go maith géilleadh di sa mhéid sin, óir ba léir nach raibh ach iarraim cúis chun raice ó na fireannaigh bhuile a bhí ar fán faoi na sráideanna. Ghlanadar leo.

'Níl puinn ann fara cúig mhíle,' ar seisean . . .

IV

B'shin iad an cúig mhíle ar díoladh go daor astu.
Lean an taobh tíre thart faoi na taistealaithe
agus rompu, chomh haoibhinn agus a bhí
riamh, ach is ar éigean a mhaolaigh sin, ámh, an
drochmhisneach a theann isteach orthu mar
scailp cheo. Fós bhí solas an lae sin ag teip agus
an t-aer ag glasú. Teann tola a choimeád ag
imeacht iad.

'Caora mhór an t-uan i bhfad,' arsa Piaras ina
aigne. 'Ach cuirfidh aíocht na hoíche anam
ionainn thar n-ais.' Agus os ard, 'Glac misneach,
milady, is tú an bhean uasal is miotalaí a thug
riamh faoi eachtra. Ná loic anois agus tearmann
nach mór tarraicthe againn.'

D'ardaigh sise a ceann agus thug iarracht
bheag leamh ar gháire.

'Is mé an peata míbhuíoch,' ar sí, 'ach as seo
amach leanfaidh mé sampla na lárach fúm, atá
ag falaireacht roimpi i gcónaí ar nós na dísle, in
ainneoin í a bheith baineann.'

Mar sin féin, nuair a sheas na capaill ag ceann

sprice lasmuigh den teach breá ósta i St Albans a thug aghaidh ar fhaiche an bhaile, agus gur tháinig na hóstóirí de rás fána gcoinne, shleamhnaigh an Chuntaois anuas den láir i bhfanntais, agus níor mhór í a iompar isteach chuig an halla agus in airde staighre chun a seomra, bhí sí chomh craptha, righin sin ón diallait. Chuaigh Muireann láithreach ina bun; d'ordaigh dabhach agus uisce fiuchaidh agus chuir an ruaig ar Phiaras.

'Íosfaidh *milady* ina seomra,' á sháirsingiú di i dtreo an dorais.

'Ach íosfaidh Mr Ferriter i mo theannta, ná déanfaidh?' arsa an bhean óg ón leaba, mar a raibh sí sínte.

'Tá an ceart ag Muireann,' arsa Piaras. 'Ní cuí don stíobhard muintearas a bhrú ar a mháistreás. Íosfad ag an mbord coiteann thíos, agus leagfaidh siad tocht dom sa phasáiste lasmuigh de dhoras do sheomra faoi fhad scairte uait, mé i mo gharda maith cosanta, mar a bheifí ag súil leis. Lig do scíth san fholcadh, a Chuntaois, a chroí, codail go sámh, agus ar maidin beir atógtha ó mhairbh.' Níor chuir sí aon bhac a thuilleadh air, agus d'imigh sé.

D'fhéach sé ar dtús chun na gcapall, agus

chaith ansin a chuid cois tine i bparlús mór an tí
ósta. Bhí bean an leanna fiafraitheach, ach
d'éirigh leis í a chur go séimh den lorg. Níos
déanaí an oíche sin, sínte roimh dhoras na
hógmhná, tháinig seirfean an chúrsa suas leis.
Ceann ar cheann d'áirigh sé na dánta, an
choilleasc ar fad acu. D'aithin sé, ábhairín
cráite, nár bhaineadar a thuilleadh le hábhar.
Bhí sé ceanúil uirthi—bheadh go héag—
freagrach aisti, toisc gurbh é a thug di, agus í ina
leanbh, tuairim den ainmhí fireann ná raibh
fírinneach ná áisiúil, ach '*an grá folaigh*', smior
na n-amhrán, bhí sé tráite. Ní raibh a fhios aige
ar chun leasa dó nó chun donais an méid sin; ní
raibh aon éaló uaidh, ach gurbh amhlaidh a bhí.

Ghabh an abairt trína cheann: '*Is mó ina
fhinscéal fiannaíochta é ná ina stair;*' agus go
tobann chonaic sé conas ab fhéidir éigse agus
eachtra a shníomh le chéile.

'Dar fia,' ar seisean os ard: 'Nuair a bhead
glanscartha léi, scríofad an t-úrscéal, leithéid an
rómáns faoi Chearbhal Ó Dálaigh agus Eilionóir
Chaomhánach. Tá a fhios ag Dia gur scata
éitheach atá ansin, ach tá na véarsaí go deas.
Leabód mo chuid rannaireachta sa téacs; "*Lig
díot th'airm, a mhacaoimh mná*": is gleoite a

d'oirfeadh sé ar ball beag, abair is ná ceadóinn mé a dhíbirt ón seomra agus í féin ag dul isteach san uisce.

"Ná lig leat do bhráid bhán . . . do ghlúin mhaol . . . do ghlac úr . . ." An dá mhar a chéile anois domsa é, mo léir! Ach nár dheas an ealaín a bheadh ann do Phiaras na cumadóireachta? Déarfainn nár músclaíodh fós í. B'fhéidir nár cuireadh críoch riamh ar an bpósadh.' Agus leis sin, de thapaigean, thit a chodladh air.

Ar maidin tháinig Muireann chuige le léine ghlan de chuid an Ghearaltaigh agus le cás ina raibh péire rásúr. Nigh sé é féin faoin bpumpa sa chlós, agus bhearr é féin i mblúire de scáthán a bhí ar crochadh leis an ursain i ndoras na cistineach. Ina aigne bhreathnaigh sé go sásta stair na gcúrsaí go dtí seo: ní fada go mbeadh tearmann ar fáil don bheainín ionúin—mar sin a chuimhnigh sé uirthi gan mhairg; bheadh comaoin curtha aige ar an dá uasal chumhachtacha, comaoin a rachadh chun sochair, níorbh fholáir, do threibh na bhFeiritéarach thiar, ach an uain a láimhseáil go glic; b'fhíor go raibh tráite ar an tuarastal a bhí cruinnithe aige thar lear, ach b'infheistíocht é sin . . .

Bhris corraíl agus callóid ar aghaidh an tí amach isteach ar na beartaithe dóchúla seo, agus do rith bean an ósta thairis go griothalánach, í ag cneadach agus gach och! aisti.

'Ar an am seo de mhaidin! Drochrath orthu mar uaisle! Cá bhfuil gach duine?' Chonaic sí Piaras. 'Mr Ferriter, *dotie*, tar i gcabhair orm. Beir ar hanla an chaidéil agus taosc scabhatadh maith uisce chugam.' Bhí gloine bheag ghreanta choise ina lámh aici, agus d'iompaigh sí go hachainíoch chuige.

'Le fonn, a bhean mhaith,' ar seisean agus chrom ar phumpáil. Sháigh an bhean an ghloine bheag faoin sconna.

'Lean ort, lean ort,' ar sí. 'Ní bhlaisfidh Lady Russell den deoch mura gcruinníonn *nebule* ar an ngloine. Tá sí ag iompar arís ar ndóigh, agus bíonn mná torracha coinséiteach. An fústar seo ar fad faoi dheoch den uisce!'

'Lady Russell, adeirir? Lady Anne Carr, sarar pósadh í?' a cheistigh Piaras.

'Cé eile? Cóiste agus cinnirí i ndiallait aici ar fud na sráide lasmuigh, agus ní mór di mise mar ghiolla-mo-leithéid!'

Um an dtaca seo, bhí ceobhrán boghaisíneach brataithe ar chriostal na gloine, agus d'imigh an bhean bhocht léi, aire na fola á tabhairt aici dá cúram. Lean Piaras í.

'Cóiste gloine' a bhí ann, sa stíl ba nua den fhaisean agus ceithre each faoi. Istigh ann bhí bean óg, í soiprithe i síodaí agus i bhfionnadh, beirt gharsún ina teannta agus compánach mná. Faoi mar a bhí ráite ag bean an óstóra bhí tionlacan marcach timpeall ar an gcóiste, gíománach ar an mbosca agus giollaí agus bonnairí ag friotháilt ar chumaí éagsúla ar gach taobh. Cé go raibh blianta ann ó chonacadar a chéile, d'aithin sí Piaras. *'Why Mr Ferriter, you of all people!'*

'Mise atá ann,' ar seisean. 'Go maire an bhantiarna an t-áthas a chím aici. An ar Woburn atá do thriall, Lady Russell?' Choinnigh sé an cheist neodrach.

'*Lah*, ní hea in aon chor, ach ar Londain, go dtí *accoucheur* na Banríona, Téadóir de Mayern.' Luisnigh a haghaidh bheag go gleoite. 'Táimid ag súil le cailín beag an turas seo. Is iad seo Proinsias agus Uilliam.'

Chuir gach duine den bheirt firíní lámh go béasach ina hata chun Phiarais, agus d'fhreagair seisean an chúirtéis go sollúnta.

'Bail ó Dhia oraibh araon, a thiarnaí óga, agus

48

go n-éirí bhur mbóthar libh.' Ansin leis an máthair. 'An bhfuil an bhantiarna ag brath ar aon mhoill fhada a dhéanamh anseo?'

'Ó níl, ní raibh ann ach gur tháinig tart tobann orm. *My condition*, tuigfidh tú?' Shín sí an ghloine chuig a compánach. '*Dear Miss Lucy*, tabhair í seo thar n-ais do bhean mhaith an tí agus tabhair síneadh láimhe oiriúnach di, le do thoil. Tabhair do ghéag anuas do *Miss Lucy*, Mr Ferriter.'

D'fhéach an bhean choinleachta go drochmheastúil ar an Éireannach, ach do ghlac lámh uaidh, thuirling gan focal agus isteach léi sa teach. Lean Lady Russell uirthi. 'Is maith liom go mór, Mr Ferriter, gur tharlaíomar ar a chéile; cuireann tú oiread sin *beaux jours* i gcuimhne dom. Ní gá dom tú a cheistiú faoi do shláinte; ní dhealraíonn aon rian aoise ort ó shin. Is trua mar atá ár ndíorma beag scaipthe; is mná pósta sinn go léir anois ach Diana bheag— tá an bhaintreach bheag Katherine pósta thar n-ais—agus ní chímid a chéile ach go hannamh. Bhí deirfiúracha mo chéile go léir ábhairín i ngrá leat, tá's agat.'

'Laethanta órga, go fíor,' a dúirt Piaras, 'Ná dein faillí, *milady*, i mo dhea-mhéin a chur in iúl

49

do na mná uaisle sin.' Ghruamaigh a cuntanós beagán.

'Is baolach nach bhfuil gach duine acu chomh sona liomsa,' agus lig sí osna.

'Ní fios duit a leath,' a mhaígh Piaras os íseal.

Tháinig an compánach mná thar n-ais, thug Piaras cúnamh in airde arís di, shín Lady Russell a lámh chuige le pógadh, luasc an bheirt leanbh a ndá hata san aer. Bhain an cóistéir cnag as an bhfuip agus scairt amach, 'Hup! Hup!', agus rolláil an pléiseam ar fad chun siúil.

'*Ná bíom le baothghlór banda*,' arsa Piaras leis féin. 'Cheapas tamall go raibh cúram na mná óige in airde staighre díom agam, ach b'fhéidir gur fearr é mar atá. Tá Lady Russell fíorálainn, ach, más cuimhin liom i gceart í, níl splanc ina ceann ná í ina thinneas.' Chuaigh sé isteach san ósta agus ghlan an reicneáil . . .

Thógadar breá bog ar an mbóthar é an mhaidin sin. Arís bhí an lá go haoibhinn. Bhí a slí ar dtús cois abhann agus ansin thar chonair trí mhám i sléibhte Chiltern, Sráid 'Nua' na Rómhánach á leanúint acu, agus tógáil croí sna radharcanna os gach aird. Faoi bhun bhaile beag Dunstable, crochta ar ingear an chnoic ag faire orthu, cheannaíodar arán, cáis, bainne agus leann láidir úll ó bhean tuaithe, gur chaitheadar a gcuid amuigh faoin aer. Ábhar iontais a bhí sa soilbhreas gan urchóid a thuill isteach orthu de bharr aoibhneas na haimsire, áilleacht na dúthaí agus caoithiúlacht na cuideachta.

'Taitneoidh Woburn leat, Mr Ferriter,' arsa an bheainín uasal. 'Tá an sean is an nua fite chomh grástúil lena chéile ann: an tigh cónaithe chomh seascair sin agus fothrach na mainistreach—*the old Abbey, you know*—chomh pictiúrtha.'

D'airigh Piaras siolla fuar trí theolaíocht na cumarsáide, agus tháinig líne filíochta sa Bhéarla ina cheann: *'Bare ruined choirs where once the sweet birds sang,'* ach níor thug sé aon ghuth don smaoineamh.

Do lean sise uirthi. 'Canathaobh ná cuirfeá fút inár dteannta, Mr Ferriter? Chuirfeadh m'athair feidhmeannas ar fáil duit, agus thiocfadh do chlann chugainn as Éirinn. Ó, is fada liom go gcuirfead aithne orthu!'

Chuaigh a hoscailteacht agus a féile go croí ann, cé gur aithin sé chomh héadomhain is a bhíodar, agus d'fhreagair sé go séimh, 'Mo ghraidhin do dhóchas, *milady*! Ach táim ró-oileánach, róchranda anois chun go mbogfainn ó mo fhréamhacha. Caithfidh ár gcumann a

51

bheith éagmaiseach as seo amach—muna dtagann tú go hÉirinn chugainn.'

'Ó,' ar sise go deiliúsach, 'tá rudaí níos éagsúla tarlaithe. Cé a déarfadh seachtain ó shin go mbeadh *déjeuner sur l'herbe* ar an láthair seo i mBedfordshire againn inniu?' D'éirigh Piaras den phort mar a raibh sé suite.

'Agus is ar an láthair seo i mBedfordshire a bheam choíche,' ar sé, 'muna mbogfam. Bailígh bhur gcip is bhur meanaithí agus bídh ag prapáil chun bóthair.'

V

Le faobhar na hoíche a thángadar go Woburn.
Bhí na soilse á lasadh sa teach mór thíos uathu
agus an t-ard deireanach den turas á chur
díobh acu.

'*Dear, dear Woburn*,' arsa an Chuntaois go
maoithneach. 'Cheapas ná cífinn arís thú go
deo.' D'iompaigh sí céillí arís go tobann.
'Táimid ag teacht isteach ar thosach an tí. Is
ansin atá an leabharlann agus is ann a bhíonn
m'athair de ghnáth. Más ea, b'fhearr liom gan
aire an teaghlaigh a tharrac orm féin go fóill. Tá
bealach slogtha isteach chun an dorais chúil trí
phlandáil darach. Beidh orainn gabháil de chois
ann agus giollaíocht a dhéanamh ar na capaill as
a gceann.'

'*Bravo, milady!*' arsa Piaras. 'Cailleadh
ceithearnach maith coille ionat. Is deas mar atá
muinín agat asat féin thar n-ais. Seol romhat!'

'Dána gach madra,' ar sí, 'i ndoras a thí féin,'
agus do dhruid sí an láir amach chun tosaigh ar
an mbeirt eile acu . . .

Ar an taobh thall den mothar, in imeall na mbuinneán crann agus i radharc an tí, labhair Piaras.

'Táimse gafa fada mo dhóthain anseo. Coinneodsa na capaill agus téighse agus Muireann timpeall go dtí an doras mór san aghaidh iartharach. Cuir scéala chugam nuair a bheidh gach ní ina cheart agat, agus leanfaidh mé sibh.' Rinneadh amhlaidh. D'fhan Piaras mar a raibh aige ag éisteacht le fuaimeanna na hoíche: foirr na circe fraoigh ón mbuairt neide, flap an bhric agus éirí sa linn air, amhastrach gadhar i gcéin. Ar deireadh chonaic sé chuige an laindéar agus chuala sé guth ómósach an fhreastalaí.

'Ionracas ón Iarla i do threo, a dhuine uasail, agus ba mhór an onóir é da mba mhian leat bualadh chuige ar lantán thiar na cúirte. Raghadsa i mbun na gcapall . . .'

Bhí an fear ard, cnámhach ina sheasamh i bpaiste solais ón doras mór, é gléasta ó bhonn go baithis in éadaí dorcha, gan ach an taispeáint is lú de ghile an línéadaigh ag muineál is ag riostaí. Bhí féasóg bhiorach air agus locaí díreacha, slíoctha, go gualainn air. Bhí spáinnéar beag de mhadra á theannadh féin

54

lena lorga. Shín sé amach a dhá lámh mar fháilte agus dhruid i gcionn Phiarais.

'*We are eternally obliged to you, Mr Ferriter,*' a dúirt, 'ach ná tiocfaidh tú faoinár ndíon? Is bocht é mar bhuíochas uainn tú a choimeád amuigh faoi scáth na hoíche.'

'Is lách uait an cuireadh, a thiarna Iarla, agus ar aon tráth eile ní dhiúltóinn de,' a d'fhreagair Piaras. 'Faoi mar atá, áfach, is é mo thuairim gurb é ár leas araon é, ná cífí iomarca muintearais eadrainn. Maith dom é má luaim é, ach tá clú d'iníne i dtreis. Tá sí slán anois ag baile, agus má bhíonn fiafraitheacht d'aon saghas faoina turas, nuair a thiocfaidh sin chun solais, tá Iarla Chill Dara sásta dul i mbannaí gurb é féin a d'eagraigh é ar mhaithe leis an dá theaghlach. Dá loime a fhanann an scéal, sea is fearr é. Ní tairbhe d'aon duine mise a cheangal leis. Iarrfad ort mar sin féin cúram na gcapall a ghlacadh ort féin, agus beithíoch friseáilte a thabhairt ar iasacht domsa i gcóir an bhóthair thar n-ais.'

'Is é is lú is gann dom,' arsa an tIarla. 'Tá ceann críonna ort, Mr Ferriter, agus croí teolaí i do chliabh. Is olc atá caite againn leis an ngearrchaile bocht. San am go mbíteása ag taithí ár gcomhluadair, bhíos meáite í a bhronnadh ar mhac de chuid Iarla Chorcaí, ach bhí leisce ar a máthair iníon a chur i bhfiontar *upon an Irish fortune*. Féach gur ag duine uasal Éireannach atáimid faoi chomaoin anois de bharr fóirithinte uirthi. Is cuimhin liom go rabhais-se i gcónaí ceanúil uirthi.'

'Is treise ná sin a bhí, a thiarna Iarla,' arsa Piaras. 'Ba í mo *phrincesse lointaine* í. Pósadh óg mé, agus is spré agus cúrsaí talún a bhí i dtreis seachas cumann. Céile agus athair coinsiasach atá ionam, ach níl ann ach sin. Bhí saol do theaghlaigh deoranta ar fad do mo shaolsa agus lán de mhealladh. Searc fhantaisíochta a thugas don leanbh ab í í: searc nár dhual di mar dhóchas ach fionraí agus tréanas agus, ar deireadh, smachtú. Má bhí ar mo chumas gar a dhéanamh inniu do d'iníon, tá mo dhíol sa mhéid sin.'

'Thuigtí di ag an am,' arsa an t-athair, 'go raibh lé agat leis an gcreideamh leasaithe.' Do gháir Piaras.

'Bhí agus tá,' a d'fhreagair sé, 'ach táim ró-Ghaelaithe le sinsearacht chun an seanreacht a shéanadh. Abair léi guí ar mo shon go fóill, agus ná bí róbhuartha mar gheall uirthi.

Téarnóidh sí ón tromluí; tá sí óg fós; tá an t-aer bog fós os a cionn.'

Lig an tIarla osna. 'Ceadaigh dom giolla a scaoileadh leat chun ósta an tsráidbhaile,' ar seisean. 'Beidh do lóistín ar mo chostas gan amhras agus beidh capall romhat ar maidin: an méid sin, ar a laghad. Má tá aon seirbhís bhreise ar mo chumas i do chóir, níl uait ach an t-iarratas. Ba ghrá Dé domsa é dá bhfaighinn caoi oiriúnach ar mo bhuíochas a chiallú duit.'

Thaibhsigh an fear eile smaointeach. Dúirt sé ar deireadh, 'Tá aisce ann, a thiarna Iarla, a bheadh socharach go maith dom. Dá mb'áil le t'onóir litir a bhreacadh ar mo shon chun Uachtarán na Mumhan nó chun Tiarna Chiarraí ag moladh dóibh cead earcaíochta agus armála a lamháil dom, d'oirfeadh sé go mór dom sna laethanta anacra a chím chugainn.'

'*My dear Ferriter,*' arsa an tIarla, 'le lán croí. Is eol dom do dhílseacht don Rí agus d'ionracas pearsanta. Beidh an scríbhinn agat ar maidin faoi mo lámh agus faoi mo shéala *To whom it may concern* . . . Agus anois rachaidh mo mhaor teallaigh i do theannta go dtí an lóistín—níl ann ach geábh gearr siúlóide as seo—agus cuirfear gach cóiriú ort. Ní móide go bhfeicfimid arís a chéile go ceann tamaill, ach creid mé ná scarfaidh aon pháirt de do chuimhne liom le mo bheo, ar d'uaisleacht ná ar do dhiscréid . . .'

D'fhíoraigh an fháilte san ósta roimh an bhFeiritéarach focal an Iarla. Tháinig fíon agus gúna seomra ón teach mór faoina choinne, agus tháinig Muireann ina dteannta.

Sheas sí i ndoras an tseomra leapan.

'Tá léine an lae inné á ní acu faoi staighre,' ar sí, 'agus má thugann tú dom do bhuataisí agus do chuid éadaigh lasmuigh, glanfar duit thíos iad i gcóir na maidine. Tá tine anseo agat agus flúirse coinnle, agus beidh do shuipéar aníos chugat gan mhoill.'

Le linn dó bheith ag caitheamh anuas de agus á ghléasadh féin sa ghúna, labhair sí arís.

'Níl aon ghnó agamsa timpeall *milady* a thuilleadh. Tabhair leat thar n-ais go Londain mé. Nílim óg ná álainn ach táim cleachtúil, agus ábalta sa súsa.'

Baineadh siar as, ach chúb sé faoi an gáire a d'éirigh ina scornach.

'A Mhuireann na n-árann, sin fabhar nach bhfuil tuillte agam. Faraor, ní fear gníomhartha anocht mé tar éis strus an bhóthair, agus amárach marcód sna feiriglinnte chun an turas a thabhairt liom in aon lá amháin; ní iompródh an capall an bheirt againn. Fan mar a bhfuil agat; tánn tú i dteaghlach maith agus féachfaidh *My Lord* Bedford go fial i do dhiaidh, bí cinnte de.'

'Pioc suas do bhalcaisí féin, más ea,' ar sí, agus phramsáil sí amach as an seomra.

Agus é fós ag gáirí ina diaidh, thóg sé ceann den fhearas litreacha a scríobh a cheannaigh sé i Londain, mar a raibh sé caite i leataobh aige, maraon lena chlaíomh agus an dá phiostal. Bhuail teidhe é, agus tharraing sé chuige páipéar, peann agus dúch gur shuigh sé ag bord an tseomra. Chrom sé ar scríobh.

I bhfad Éireann anallód, in iarthar Chorca Dhuibhne, do chónaigh duine uasal bocht, darbh ainm Piaras Feiritéar. Agus i Londain Shasana ag an am do mhair an ainnir óg álainn, eadhón Máiréad Ruiséal . . .

Os a chionn in airde bhreac sé an teideal: *Eachtra Phiarais Fheiritéir agus Tochmharc Mheig Óige.*

Bhreathnaigh sé ar an leathanach le sásamh. 'Sea, 'noiseas dúinn,' arsa sé leis féin go meidhreach. 'Ní chreidfí go deo an fhírinne, ach creidfear é seo.'

59

Is pearsana stairiúla iad Piaras Feiritéar, Máiréad Ruiséal, na huaisle Gallda agus Iarla Chill Dara; cumadóireacht atá san eachtra.

Is eol dúinn go raibh Piaras i Londain i 1629 nuair a bhí aon bhliain déag ag Máiréad. Má bhí sé uair amháin ansin, cén fáth nach mbeadh níos minice?

Tráchtann an t-ársaitheoir Westropp ar Phiaras Feiritéar ó *Feritor's Fort in Kerry* a bheith i seirbhís an Phrionsa Oráistigh am éigin roimh 1622; is ón méid sin a shamhlaím traidisiún na seirbhíse sin leis an gclann i mo scéal.

Tá fianaise ar an iasacht a thairg Iarla Chorcaí d'Iarla Charlisle tré áisínteacht an Tiarna Goring le léamh i ndialann Iarla Chorcaí faoi dháta i *Mí Meán Fómhair,* 1641. Tá an dáta sin aistrithe beagán siar agam sa scéal chun aga a thabhairt do Phiaras filleadh ar Éirinn roimh Éirí Amach na bliana 1641, agus samhlaím san earrach seachas san fhómhar é. Glacaim leis gur dócha go raibh níos mó ná ábhar gearáin amháin ag Máiréad bhocht ar a fear céile, agus gur ceann samplach atá sa cheann seo.

Tá fianaise fós ar úrscéal a bheith ann tráth sna lámhscríbhinní ar Phiaras agus Meg Russell, ach níor thángthas ar aon chóip de; ní móide anois go dtiocfar.

—An tÚdar